MARGRET & H.A.REY'S

Curious George
at the Aquarium

Jorge el curioso
visita el acuario

By R. P. Anderson   Escrito por R. P. Anderson
Illustrated in the style of H. A. Rey by Anna Grossnickle Hines
Ilustrado en el estilo de H. A. Rey por Anna Grossnickle Hines
Translated by Carlos E. Calvo Traducido por Carlos E. Calvo

Houghton Mifflin Harcourt   Boston New York

Curious George® is a registered trademark of
Houghton Mifflin Harcourt Publishing Company.

www.hmhco.com

The text of this book is set in Garamond and Weiss.
The illustrations are watercolor.

ISBN 978-0-547-29963-1

SCP 20 19
4500743687
Printed in China

This is George.

He was a good little monkey and always very curious.

Today George and the man with the yellow hat were visiting the aquarium.

Éste es Jorge.

Es un monito bueno y siente mucha curiosidad por todo.

Hoy, Jorge y el señor del sombrero amarillo fueron a visitar el acuario.

"George," said the man, "please wait here while I buy the tickets."

—Jorge —le dijo el señor—, por favor, espérame aquí mientras voy a comprar las entradas.

George tried to wait, but he was so excited! What was inside?

Jorge trató de esperar, ¡pero estaba muy entusiasmado! ¿Qué había allí dentro?

4

He wanted to look over the walls, but they were too high.

Quería ver qué había del otro lado de la pared, pero era muy alta.

Just then, he heard a *SPLASH!* and a *WHOOSH!*
Water flew high into the air. People cheered.
What could that be? George was curious.

De repente escuchó ¡SPLASH!
y después ¡PLAF! El agua subió por los aires.
La gente gritaba. ¿Qué podría pasar?
Jorge sintió curiosidad.

He hopped over the gate into the aquarium.
How surprised he was!

Dio un salto pasando por arriba de la puerta
y entró al acuario. ¡Se quedó sorprendido!

Swimming right in front of George were two beluga whales!
The mother and the baby beluga whale swam right past him.

¡Había dos ballenas beluga nadando justo frente a
Jorge! La mamá beluga y su bebé nadaban frente a él.

And not far away was a family of sea lions, diving and splashing. What fun!

George noticed people walking toward a big door—could there be more to see? He followed the crowd.

Y no muy lejos de allí había una familia de lobos marinos, zambulléndose y salpicando. ¡Qué divertido!

Jorge observó que la gente caminaba hacia una gran puerta. ¿Qué más se podría ver? Siguió a la multitud.

Now where was he? It was darker inside and there were fish everywhere! George did not know where to look first.

¿Dónde estaba? ¡Allí dentro estaba oscuro y había peces por todos lados! Jorge no sabía por dónde empezar a mirar.

In one tank there were
sharp-toothed piranhas,

En un tanque había pirañas
con dientes filosos,

in another tank
there were seahorses,

en otro tanque había
caballitos de mar,

and in another tank there
was a large red octopus!

¡y en otro tanque había
un pulpo rojo gigante!

George saw a group of children across the room. An aquarium staff member was pointing to different sea creatures. "This is a starfish, this is a clam, and this is an urchin."

Nearby, there was a long, low, colorful tank. It was perfect for touching!

Jorge vio a un grupo de niños que estaban en el centro de la sala. Un empleado del acuario señalaba diferentes animales marinos.

—Ésa es una estrella de mar, ésa es una almeja y éste es un erizo.

Cerca de allí había un tanque bajo, largo y colorido. ¡Era perfecto para ir a tocarlo!

George was curious. As he reached his hand into the water, a large crab came scuttling out from under a rock and right toward his finger!

Snap!

Ouch!

Poor George. He did not like this exhibit.

Jorge sintió curiosidad. Al meter la mano en el agua, un gran cangrejo salió rápidamente de abajo de una piedra, ¡directamente hacia su dedo!

¡Crac!

¡Ay!

Pobre Jorge. Ese tanque no le gustó.

DO NOT TOUCH

13

George slipped out a door into the sunlight. But, oh! What was going on here?

George saw fat, funny-looking black and white fish flying under the water. As he watched they flew up out of the water. "What kind of fish does that, and where did they go?" George wondered.

Where Penguins Live

Jorge se deslizó por debajo de una puerta hacia la luz del sol. Pero... ¡oh! ¿Qué había allí?

Jorge vio unos peces gordos y graciosos, blancos y negros, que parecían volar en el agua. Mientras observaba, algunos de ellos volaron fuera del agua.

—¿Qué tipo de peces son éstos? ¿Adónde fueron? —se preguntó Jorge.

George climbed up and into their exhibit.

Jorge se metió en el tanque y trepó por las rocas.

They were not fish at all, but penguins, of course!

¡Claro! ¡No eran peces! ¡Eran pingüinos!

George hopped like a penguin,

Jorge saltó como un pingüino,

flapped his wings like a penguin,

aleteó con sus brazos,
como un pingüino,

and waddled like a penguin.

y caminó como un pingüino.

A crowd gathered and laughed.
But when he slid on his belly like a penguin . . .

Un montón de gente se acercó y se rió.
Pero cuando Jorge se deslizó de barriga, como un pingüino...

The aquarium staff stopped by to check on the penguins.

"A monkey! In the penguin exhibit?"

George opened a door to escape, but instead . . . all the penguins ran out! Penguins, penguins everywhere!

Justo llegaron los empleados del acuario para darles de comer a los pingüinos.

—¡Un mono! ¿Qué hace un mono con los pingüinos?

Jorge abrió la puerta para escapar... ¡y todos los pingüinos salieron corriendo! ¡Había pingüinos por todos lados!

The staff was angry at George. How could they catch all the penguins?

Los empleados se enojaron con Jorge. ¿Cómo iban a hacer para atrapar a todos los pingüinos?

In all the excitement nobody noticed the penguin chick falling into the water! No one but George.

Con toda la emoción, ¡nadie notó que un pingüinito se cayó al agua! Nadie excepto Jorge.

The baby penguin hadn't learned to swim yet. As only a monkey can, George scaled the rope hanging over the beluga tank and swung over the water, saving the chick.

El bebé pingüino aún no sabía nadar. De la manera que sólo un mono puede hacerlo, Jorge se agarró de la soga que colgaba sobre el tanque de las ballenas beluga y se balanceó sobre el agua, salvando al pingüinito.

The director of the aquarium and the man with the yellow hat heard the commotion and came running.

El director del acuario y el señor del sombrero amarillo escucharon el alboroto y fueron corriendo.

"That monkey helped the baby penguin," said a boy in the crowd.

"No one else could have saved him," said a girl.

The director thanked George for his help and made him an honorary staff member of the aquarium.

—Ese mono salvó al pingüinito —dijo un niño entre la multitud.

—Nadie más podría haberlo salvado —dijo una niña.

El director le agradeció a Jorge su ayuda y lo nombró miembro honorario del acuario.

George said goodbye to his new penguin friends. He could not wait to come back to the aquarium and visit them again!

Jorge se despidió de sus amigos pingüinos. ¡No veía la hora de regresar al acuario para visitarlos otra vez!